Linda Chapman

Sternenschweif

Liebeszauber

KOSMOS

1

„Welch ein herrlicher Tag für einen Ausritt!", jubelte Mel. Laura konnte ihrer Freundin nur recht geben. Dieser Junivormittag war einfach perfekt: Die Sonne schien durch die Zweige der alten Tannen und malte helle Punkte auf den Waldboden. Neben Laura trabte ihre Freundin Jessica auf der Palominostute Sandy, während Mel auf dem Apfelschimmel Silver schon vorweggaloppierte.

„Wie wäre es, Sternenschweif?", fragte

sie ihr kleines graues Pony neckisch. „Hast du Lust auf einen schnellen Galopp?“

Was für eine Frage! Sternenschweif wieherte freudig und sprang dann in großen Sätzen voran. Das war das Startzeichen für eine wilde Jagd auf das Farmhaus zu.

Atemlos sprangen die Mädchen im Hof von Jessicas Eltern ab. Genau wie Lauras Vater war auch Mr Parker Farmer und Besitzer eines schönen, alten Bauernhofs.

„Wunderbar, so ein Galopp am Morgen!“, rief Laura. „Ich hätte noch ewig so weiterreiten können.“

Sternenschweif schnaubte und nickte, sodass seine graue Mähne nur so flog.

„Wenn wir bloß nächste Woche nicht gleich drei Arbeiten auf einmal schreiben müssten!“, klagte Jessica.

Mel und Laura stöhnten. Den Gedanken an die Mathearbeit, das Englischdiktat und den Geschichtstest hatte Laura während ihres Ausflugs fast vergessen. Wenn sie diese drei Prüfungen nur erst hinter sich hätten! Danach wartete die große Freiheit: Noch eine weitere Woche Schule ohne Tests, dann fingen die Sommerferien an! Aber vorher – Laura seufzte –, vorher hieß es lernen, lernen und nochmals lernen. Das hatten sie ihren Eltern versprochen: Nach dem gemeinsamen Ausritt mussten sie und ihre Freundinnen sich gemeinsam auf ihre Arbeiten vorbereiten.

Tröstend strich sie Sternenschweif über das warme Fell. „Tut mir leid, Sternenschweif. Sieht so aus, als müsste ich dich für ein paar Stunden mit deinen Ponyfreunden allein lassen." Trübsinnig begann sie, ihr Pony abzusatteln.

„Das ist ungerecht, an einem so sonnigen Samstag im Haus eingesperrt zu sein, um für die Schule zu büffeln", meinte Mel und verzog das Gesicht.

„Lasst uns zuerst die Ponys abreiben und bürsten", schlug Jessica vor. „Sandy ist ganz verschwitzt von unserem Galopp! Schließlich soll sie sich nicht erkälten."

Sternenschweif hatte der kleine Galopp nicht so viel ausgemacht, dennoch war Laura ihrer Freundin sehr dankbar für diesen Vorschlag. So hatte sie noch etwas Zeit mit ihrem Pony. Rasch hievte sie den Sattel auf die Lehne einer kleinen weißen Bank, die zwischen zwei Blumenkübeln vor dem Wohnhaus der Familie Parker stand, dann führte sie Sternenschweif an einen schattigen Platz unter einem Baum. Jessica hatte inzwischen aus der Sattelkammer das Putzzeug geholt und trocknete bereits Sandys weiches braunes Fell.

Laura genoss diese Minuten, die ihr noch mit ihrem Pony blieben, bevor sie sich mit ihren Schulaufgaben beschäftigen musste. Sie rieb Sternenschweif gründlich ab und merkte, wie gern er das hatte. Liebevoll legte er ihr seine samtweiche Nase auf die Schulter. Laura griff zu einer Bürste und machte sich daran, sein graues Fell zu striegeln.

Als Laura Sternenschweif das erste Mal gesehen hatte, war sein Fell ganz stumpf und glanzlos gewesen. Seine Vorbesitzerin Jade hatte sich gar nicht mehr um ihn gekümmert. Es war ihr einfach egal gewesen, dass das kleine Pony ganz verwahrlost ausgesehen hatte.

Laura hatte sich trotzdem sofort in Sternenschweif verliebt. Obwohl ihre Eltern ihr auch ein anderes, hübscheres Pony geschenkt hätten. Aber Laura hatte gleich gespürt, dass Sternenschweif ein besonderes Pony war. Wie besonders, das hatte sie allerdings nicht zu träumen gewagt: Denn Sternenschweif war eigentlich ein verzaubertes Einhorn! Seitdem sie sein großes Geheimnis entdeckt hatte, sagte sie nun beinahe jeden Abend den Zauberspruch auf, der ihn in ein schneeweißes Einhorn verwandelte. Dann sprangen sie gemeinsam über die Wipfel der höchsten Bäume des Waldes! Sternenschweif liebte es, mit Anlauf darüber hinwegzufliegen, und Laura konnte gar nicht genug davon bekommen, mit ihrem Einhorn durch die Nacht zu reiten.

„Und heute Abend haben wir etwas

ganz Besonderes vor", flüsterte Laura Sternenschweif ins Ohr, sodass es weder Mel noch Jessica hören konnten.

Fast jede Nacht erlebten Laura und Sternenschweif großartige Abenteuer, insbesondere seitdem Laura Hüterin der Einhorngeheimnisse war. Dass sie dazu auserwählt wurde, war eine große Auszeichnung. Aber damit trug Laura auch viel Verantwortung, denn sie musste anderen Einhornfreunden dabei helfen, wenn diese Probleme mit ihren Einhörnern hatten. Und manchmal war es gar nicht leicht, eine gute Lösung zu finden, ohne zu viel von der Einhornmagie zu verraten.

„Ich glaube, wir sind im vergangenen Jahr aber schon ganz schön gut geworden", sagte Laura leise. Sternenschweif nickte zustimmend. Auch in der Ponygestalt verstand er jedes ihrer Worte.

„Meinst du beim Galoppieren oder beim Springen?“, wollte da Mel plötzlich wissen.

Laura biss sich auf die Lippen. Das hätte nicht passieren dürfen! Wie leicht hätte Mel etwas über das Einhorngeheimnis erfahren können. Denn niemand außer den Freunden, die selbst ein Einhorn hatten, durfte davon wissen. Und oft fiel es Laura ganz schön schwer, ihren beiden besten Freundinnen nicht die ganze Wahrheit über Sternenschweif sagen zu dürfen!

„Ähm“, stotterte sie. „Beides. Ich meine, ich hoffe, dass wir besser geworden sind. Schließlich zieht uns Jade immer noch manchmal damit auf, wie toll sie mit ihrem neuen Pferd springen kann.“

„Vergiss doch Jade. So gut wie die seid ihr beide schon lange", meinte Jessica zuversichtlich.

Insgeheim atmete Laura auf. Ihre Freundinnen hatten nicht bemerkt, dass sie von etwas ganz anderem gesprochen hatte. Und es war ein gutes Gefühl, dass sie ihr Mut machten. Wirklich schade, dass sie ihnen nichts über Sternenschweif verraten durfte.

So gründlich hatten die drei ihre Ponys schon lange nicht mehr gebürstet. Aber irgendwann kam doch der Zeitpunkt, an dem kein Staubkorn mehr zu entdecken war und sie schweren Herzens ihre Ponyfreunde auf die Koppel führen mussten.

„Der Ausritt hat richtig gutgetan", bemerkte Laura, als sie wieder auf das Farmhaus zuliefen. „Ich fühle mich viel besser, viel ruhiger als vorher."

„Ich habe heute Nacht auch schlecht geschlafen mit den vielen Tests im Nacken. Aber so ein Galopp macht wirklich den Kopf frei", schwärmte Mel.

„Holen wir uns noch ein bisschen Nervenfutter aus dem Wohnzimmer, bevor wir loslegen", schlug Jessica vor. „Ich glaube, Sally hat unsere Schokoladenkiste wieder aufgefüllt. Das ist doch genau das Richtige, um sich über Geschichte hinwegzutrösten, oder?" Sie zwinkerte ihren Freundinnen zu, während sie die Haustür aufstieß.

2

Doch im Wohnzimmer blieb Jessica wie angewurzelt stehen. „Oh nein“, stöhnte sie. „Nicht die schon wieder!“

Auf dem Sofa saß Samantha und blickte ihrem neuen Freund Tom tief in die Augen.

„Hallo? Dürfen wir kurz stören?“, rief Jessica so laut, als sei ihre Stiefschwester plötzlich taub geworden. – Und tatsächlich! Samantha rührte sich nicht einen Millimeter.

Laura sah, wie ihre Freundin die Geduld

verlor. Auch sie fand Samanthas Verhalten ziemlich unhöflich.

„Sam? Hallo?“, rief Jessica noch einmal. Doch Samatha sah nicht einmal auf. Stattdessen lachte sie hell auf, weil Tom ihr etwas ins Ohr geflüstert hatte. Da lief Jessica einfach ins Wohnzimmer an den großen, alten Eichenschrank, in dem sich die Schokoladenkiste der Familie Parker befand.

„Kannst du nicht anklopfen?“, kreischte Samantha auf einmal los. „Du wusstest doch, dass Tom und ich hier sind!“

Jessica drehte sich zu ihrer Schwester um und funkelte sie böse an. „Allerdings wusste ich das. Und deswegen habe ich auch gefragt, ob ich reinkommen darf. Laut genug, um ein Murmeltier aus dem Winterschlaf zu wecken. Aber du warst ja so versunken in den Blick deines Verliebten!"

„Du bist bloß neidisch, du kleine Kröte", erwiderte Samantha.

„Neidisch?", fragte Jessica. „Auf dich?"

„Jawohl, auf mich. Weil ich einen so gut aussehenden Freund habe und du nicht."

Laura blickte verdutzt von einer Schwester zur anderen. Samantha und ihre Mutter

Sally lebten noch nicht sehr lange bei Jessica und ihrem Vater. Aber inzwischen kamen die beiden Mädchen eigentlich ganz gut miteinander aus, dachte Laura.

„Nein danke. Ich habe Sandy, da brauch ich keinen Freund!“, sagte Jessica wütend. Sie schnappte sich zwei Tafeln Schokolade aus dem Schrank, knallte die Türen zu und machte auf dem Absatz kehrt. „Kommt!“, rief sie Laura und Mel zu. Gemeinsam verließen sie das Wohnzimmer und stürmten die Treppe hinauf in Jessicas Zimmer.

„Was die sich einbildet!“, schimpfte Jessica. „Und so geht das jetzt schon seit einer Woche. Tom hier und Tom da. Tom ist der Schönste, der Tollste, der Größte. Ständig kichert sie über seine ach so lustigen Witze.

Tom spielt Basketball in der Schulmannschaft, Tom macht bald den Führerschein. Tom, Tom, Tom!"

Laura und Mel sahen sich betroffen an. So aufgeregt hatten sie ihre Freundin schon lange nicht mehr erlebt.

„Ist es wirklich so schlimm?", fragte Laura vorsichtig.

„Schlimmer als schlimm! Samantha hat gar kein anderes Gesprächsthema mehr. Immer nur Tom! Tom muss wirklich ein Supermann sein, er macht immer alles richtig, kein Fitzelchen an ihm scheint fehlerhaft zu sein."

„Aber das ist doch gut, oder nicht?", meinte Mel. „Stell dir doch mal vor, Samantha wäre an so einen richtig blöden Kerl geraten, der ihr ständig wehtut."

Jessica seufzte und ließ sich auf ein Kissen am Boden fallen. „Ihr habt ja bestimmt recht“, gab sie dann kleinlaut zu. „Es ist nur … es nervt total! Von morgens bis abends hören wir nichts anderes mehr von Samantha. Wenn sie von der Schule erzählt, dann nur, wie schlau doch Tom ist. Und nachmittags geht sie weg, um Tom beim Training zuzusehen oder mit ihm Eis zu essen.“

„Das klingt doch ganz nett“, warf Laura ein.

„Ja, aber … verstehst du nicht, Laura? Es ist, als würden wir anderen nicht mehr existieren! Sie redet nicht mehr mit uns, sondern nur noch über Tom. Sie geht nicht mehr ihren eigenen Hobbys nach, sie kümmert sich auch nicht mehr um Sandy. Sie ist gar nicht mehr ... sie selbst." Hilflos zuckte Jessica die Schultern.

„Sie kümmert sich nicht mehr um Sandy?", fragt Mel ungläubig. Wieder zuckte Jessica nur die Schultern.

„Ihr habt ja gesehen, wie es ist", sagte sie dann. „Sie hat bloß noch Augen für Tom, und wenn ich etwas sage, hört sie nicht hin."

„Das war wirklich unhöflich", sagte Laura.

„Und so ist es jetzt fast immer", beklagte sich Jessica. „Ich sage was. Aber genauso gut könnte ich mit einer Wand reden."

„Und du meinst, das ist, weil sie so verliebt ist in Tom?", wollte Laura wissen.

„Ganz bestimmt. Denn vorher war es nicht so", erzählte Jessica. „Aber dann, plötzlich, war sie nicht mehr ansprechbar. Erst wusste ich nicht, warum. Bis ich sie einmal dabei überrascht habe, wie sie einen Brief geschrieben hat. Mit Herzchen! Ganz klar: ein Liebesbrief!"

„Samantha hat Tom Liebesbriefe geschrieben?" Mel kicherte.

Aber Jessica fuhr düster fort: „So ist es. Erst waren es kleine Briefchen. Dann wurden sie immer länger. Und dann haben sie stundenlang miteinander telefoniert."

„Das stimmt", fiel Laura ein. „Gestern habe ich versucht, dich anzurufen, aber es war immerzu besetzt."

„Siehst du! Aber Papa und Sally sagen, ich muss Verständnis haben. So ist das nun mal, wenn man verliebt ist."

„Also, das kann ich mir gar nicht vorstellen", warf Mel ein. „Ich würde für einen Jungen nie, niemals Silver vernachlässigen."

„Und ich Sternenschweif auch nicht!", sagte Laura überzeugt.

„Oh, Tom ist der Meinung, dass Pferde was für Grundschulmädchen und Cowboys sind", brummelte Jessica. „Und dann fallen ihm wieder ganz komische Witze ein. Was ist ein Cowboy ohne Pferd? Na? Wisst ihr es? Ein Sattelschlepper. Wahnsinnig witzig, nicht?"

Laura und Mel stöhnten. Tom schien ja auf den ersten Blick ganz nett zu sein, aber seine Witze waren wirklich schlecht und seine Einstellung zu Pferden brachte ihm mehrere Minuspunkte ein. Und so einer war in Samanthas Augen fehlerlos?

„Also, wenn Liebe blind und taub macht, dann will ich mich niemals verlieben“, sagte Laura bestimmt. „Bitte erinnert mich daran, wenn es so weit ist!“

Mel und Jessica lachten. Laura lachte mit ihnen. Die Freundinnen lachten so sehr, dass sie beinahe Bauchweh bekamen.

Und danach konnten sie endlich den Ärger über Samantha vergessen und sich ihren Hausaufgaben zuwenden.

3

Erschöpft packte Laura ihre Schulsachen zusammen. Das war ein wirklich langer Lernnachmittag gewesen. Aber nun war es Zeit zu gehen, wenn sie nicht zu spät zum Abendessen mit ihrer Familie kommen wollte.

Laura verabschiedete sich von ihren Freundinnen und rannte die Treppe hinunter, aus dem Haus und auf die Koppel zu. Sternenschweif hob den Kopf und schnaubte ihr freudig entgegen.

„Hallo, Sternenschweif!“, begrüßte sie ihn. „Na? Hattest du einen schönen Nachmittag zusammen mit deinen Ponyfreunden?“

Sternenschweif wieherte und ließ seine Mähne fliegen.

„Hast du es gut“, sagte Laura, während sie ihn sattelte. „Sei froh, dass Ponys keine Geschichtstests schreiben müssen! Obwohl … zusammen mit Mel und Jessica hat es richtig Spaß gemacht zu lernen. Wir haben uns so sehr hineinvertieft, dass es uns fast vorkam, als wären wir bei der Unabhängigkeitserklärung Amerikas im Jahr 1776 selbst dabei gewesen.“

Sternenschweif schüttelte den Kopf, als könne er nicht glauben, was Laura ihm gerade erzählt hatte. Sie lachte.

„Doch, doch. Glaub mir ruhig. Und Englisch hat auch gut geklappt. In den Texten, die wir uns gegenseitig diktiert haben, hatten wir alle drei fast immer null Fehler. Hoffentlich nimmt Mrs Cooper so einen Text dran am Mittwoch. Nur in Mathe waren noch ein paar Fragen offen – aber die Mathearbeit schreiben wir zum Glück erst am Donnerstag. Da ist noch genug Zeit. So, fertig!"

Laura band ihre Tasche um den Knauf des Sattels und schwang sich auf Sternenschweifs Rücken. Kaum saß sie oben, da trabte Sternenschweif schon los. Offenbar war der Nachmittag auf der Koppel doch ein bisschen langweilig für ihn gewesen.

„Jedenfalls", fuhr Laura fort, „auch wenn Mathe mein Lieblingsfach ist und ich normalerweise gerne noch ein bisschen weiterlernen würde: Heute Nacht haben wir anderes vor. Du weißt, was heute Nacht ist, oder?"

Sternenschweif wieherte aufgeregt.

„Natürlich weißt du das, schließlich ist Sidra vorletzte Nacht extra zu uns gekommen, um uns einzuladen!"

Sidra war ein Einhorn, das schon vor langer Zeit nach Arkadia, dem Land der Einhörner, zurückgekehrt war. Als eine der Einhornältesten beobachtete sie von dort aus, wie es ihren Freunden auf der Erde erging. Von Zeit zu Zeit besuchte Sidra Sternenschweif und Laura, meistens, um ihnen etwas Wichtiges mitzuteilen.

„Und die magische Versammlung der Geheimnishüter ist ja wohl so ziemlich das wichtigste Ereignis des Jahres", sagte Laura zu Sternenschweif. „Immerhin ist das die einzige Gelegenheit, andere Hüter zu treffen und mit ihnen über die Erlebnisse des vergangenen Jahres zu sprechen."

Sternenschweif nickte und wieherte.

„Natürlich auch, um andere Einhörner zu treffen! Da hast du recht!", rief Laura ausgelassen. Dann wurde sie wieder nachdenklich. „Im letzten Jahr hatte ich mich fast gar nicht hingetraut, weißt du noch, Sternenschweif? Ich dachte, alle würden über mich lachen, weil ich noch so unerfahren war und auch erst seit ein paar Monaten Geheimnishüterin. So richtig vielen Einhornfreunden hatte ich noch gar nicht helfen können."

Sternenschweif schnaubte sanft. Laura

streichelte seine Flanken. „Ja, ohne dich wäre ich wohl nicht hingegangen, aber du hast mir Mut gemacht. Und in diesem Jahr … in diesem Jahr kann ich es gar nicht erwarten, endlich alle wiederzusehen. Letztes Mal hatte die Versammlung um Ostern herum stattgefunden – und diesmal erst Ende Juni! Ich platze wirklich fast vor Ungeduld!" Sie lachte und Sternenschweif wieherte. Ihm ging es wohl genauso wie Laura.

„Weißt du, Sternenschweif, du hilfst mir bei all unseren Abenteuern, und ohne dich wäre ich völlig aufgeschmissen. Aber als Geheimnishüterin fühle ich mich doch oft ziemlich allein. Es ist ja niemand da, den ich fragen könnte … Früher bin ich zu Mrs Fontana gegangen. Aber seit sie tot ist, habe ich niemanden mehr, an den ich mich mit meinen Problemen wenden kann."

Sternenschweif schüttelte den Kopf, dass die Mähne flog.

„Sie hat mich erst zur Geheimnishüterin gemacht, klar", gab Laura zu. „Und sie hat mir auch das Buch über die Geheimnisse der Einhörner hinterlassen und die Kiste voller magischer Dinge. Aber trotzdem ist es etwas ganz Besonderes, sich mit anderen Geheimnishütern auszutauschen, um zu sehen, wie sie es machen. Vielleicht finde ich auch jemanden, der uns sagen kann, wie das mit dem Unsichtbarmachen geht. Das haben wir ja immer noch nicht so richtig herausgefunden, Sternenschweif."

Ihr Pony ließ betrübt den Kopf hängen.

„Nimm es nicht so schwer“, tröstete Laura ihn. „Wir haben so vieles gemeinsam geschafft, da bekommen wir das auch noch hin. Und, wie gesagt, vielleicht finden wir ja heute Nacht jemanden, der uns helfen kann. Ich freu mich schon so!“ Und um Sternenschweif aufzumuntern, ließ sie ihn den restlichen Weg bis nach Hause wild galoppieren.

„Wie war der Nachmittag mit Mel und Jessica?“, begrüßte ihre Mutter Laura. „Wart ihr erfolgreich?“

Laura wusch sich die Hände und setzte sich an den gedeckten Tisch, um den ihre Familie schon versammelt war. Ihr Vater half ihrer kleinen Schwester Sophie dabei, Karottenbrei zu essen, und ihr Bruder Max steckte heimlich seinem Berner Sennenhund Buddy ein Stückchen Wurst zu. Ihre Mutter stellte eine Schüssel voll dampfender Kartoffeln auf den Tisch, dabei sah sie Laura erwartungsvoll an.

„Ja, war ganz gut“, sagte Laura knapp. Sie war in Gedanken so sehr bei der magischen Versammlung, dass sie jetzt gar keine Lust hatte, sich über die Schule zu unterhalten. Leider bemerkten ihre Eltern das aber nicht, denn nun fragte ihr Vater: „Weißt du denn nun, wann Amerika seine Unabhängigkeit erklärt hat?“

„Ja, Papa“, sagte Laura etwas ungeduldig und nahm sich einen großen Klacks Quark zu ihren Kartoffeln. „Am 4. Juli 1776.“

„Sehr gut. Das ist ein besonderer Tag, der bis heute gefeiert wird“, fuhr er fort. Laura verdrehte heimlich die Augen. Dass seither am 4. Juli der amerikanische Nationalfeiertag war, wusste jedes Kind. Schließlich fand zu diesem Anlass immer eine kleine Schulaufführung statt. Daran erinnerte sich jetzt auch Max und erzählte ausführlich davon, wie er beim vergangenen Mal den Präsidenten Abraham Lincoln darstellen durfte und wie anstrengend das war, weil der Bart aus Watte so sehr gekratzt hatte und ihm beinahe der hohe Zylinderhut vom Kopf gerutscht wäre.

Laura atmete auf, als das Essen zu Ende war. Sie liebte ihre Familie und normalerweise hätte sie sich an der Unterhaltung lebhaft beteiligt. Aber heute … heute fand die Versammlung statt und Laura konnte es gar nicht mehr erwarten, bis endlich alle in ihren Betten lagen und schliefen, damit sie zu Sternenschweif laufen und ihn in ein Einhorn verwandeln konnte. Ungeduldig lauschte sie auf die kleinen Geräusche des

Hauses, das Wasserrauschen, während sich ihre Eltern die Zähne putzten, das Knarren ihrer Schlafzimmertür – endlich das regelmäßige Atmen ihrer Eltern.

Leise zog sich Laura an und schlich zur Tür hinaus zu Sternenschweif.

4

Sternenschweif begrüßte Laura mit einem leisen Wiehern. Er scharrte ungeduldig mit dem Vorderhuf. Laura lächelte.

„Du kannst es gar nicht mehr abwarten, zu der magischen Versammlung zu fliegen, nicht? Nur einen Moment noch … Ich wollte noch einmal auf die Karte schauen, die uns Sidra im letzten Jahr gegeben hat."

Aus ihrer Jackentasche zog sie ein altes Stück dünnes Leder hervor, dessen Ränder schon ein bisschen ausgefranst waren. Die

Vorderseite war dunkelrot mit einem goldenen Viereck darauf. Und auf der Rückseite war eine Karte verzeichnet und eine Wegbeschreibung.

„Seit langen Zeiten treffen sich die Hüter am ersten Tag, wenn der Mond sich rundet. Dort, wo nicht der Schatten eines einzigen Baumes bis in ihre Mitte reicht, erscheint ein Einhorn nach dem anderen am Himmel. Mit wehenden Mähnen kommen sie aus tieferen Gefilden bis an diesen Ort geflogen, wo sie den Sternen näher sind", las Laura flüsternd vor. „Wie ich mich freue! Mit wehenden Mähnen … all diese vielen Einhörner, die angeflogen kommen, das war so wunderschön im letzten Jahr. Und wir kennen die große Lichtung mitten im Wald auf einem ziemlich hohen Hügel. Erinnerst du

dich, Sternenschweif? Früher erzählten sich die Leute, dass man von diesem Ort aus mit einer Leiter direkt in den Himmel klettern konnte. Und ich finde, das ist ein sehr passender Ort für eine magische Versammlung!"

Sternenschweif wieherte zustimmend.

„Inzwischen waren wir einige Male dort. Und dein Horn wird uns ebenfalls leiten. Es kann also nichts schiefgehen", sagte Laura ausgelassen und streichelte Sternenschweifs weiche Nüstern. Dann führte sie ihr Pony aus dem Stall und hinter die ersten Bäume des Waldes. Im Versteck der Dunkelheit und des Laubes flüsterte sie die magischen Verse:

Silberstern, Silberstern,
hoch am Himmel, bist so fern.
Funkelst hell und voller Macht,
brichst den Bann noch heute Nacht.
Lass dies Pony grau und klein
endlich doch ein Einhorn sein.

Mit einem leuchtend violetten Blitz verwandelte sich Sternenschweif in ein wunderschönes, schneeweißes Einhorn.

„Juchhu!", jubelte er ausgelassen. „Komm, Laura, steig auf!"

Das ließ sich Laura nicht zweimal sagen. Sofort saß sie auf und schwang sich mit Sternenschweif in die Lüfte.

Wie herrlich es war, auf seinem starken Rücken durch die laue Sommernacht zu fliegen! Übermütig setzte Sternenschweif über einige Tannenwipfel. Es hätte nicht viel gefehlt und er hätte Pirouetten in der Luft gedreht. Laura lachte. Ihr Einhorn war wirklich genauso aufgeregt, zur magischen Versammlung zu kommen, wie sie selbst.

Etwa eine Stunde später erblickten sie die große Lichtung auf dem Hügel. Hunderte Einhörner hatten sich bereits mit ihren Freunden dort versammelt. Ein silbern glänzender Rücken neben dem anderen! Laura nahm es fast den Atem, so herrlich war der Anblick. Vorsichtig setzte Sternenschweif zur Landung an. Auf der Lichtung war tatsächlich nicht mehr viel Platz.

„Da drüben ist Ellen!", rief Laura, als sie von Sternenschweifs Rücken rutschte.

Ellen war ein Mädchen, das Laura im letzten Jahr getroffen hatte. Sie war zwei

Jahre älter, und zunächst hatte Laura sie sehr eingebildet gefunden. Aber dann hatte Ellen einen großen Fehler begangen, den sie nur mit Lauras Hilfe wieder hatte gutmachen können. Seither hatten sie sich nicht mehr oft gesehen, aber sie waren doch so etwas wie Freundinnen geworden.

Auch Ellen hatte Laura entdeckt und kam winkend auf sie zu. Ihr Einhorn Glitzermond folgte ihr.

„Hallo, Laura! Hallo, Sternenschweif! Wie schön, dass ihr kommen konntet!", begrüßte Ellen die beiden freundlich. „Ich habe das Gefühl, dass in diesem Jahr noch mehr Geheimnishüter mit ihren Einhörnern hier sind als sonst."

Laura sah sich um. Einige der Hüter erkannte sie vom letzten Jahr wieder, aber sie

gab Ellen doch recht: Es waren auch viele, die sie noch nie gesehen hatte.

„Ellen, hallo!" Ein großer Junge mit dunklem Haar und trat auf Ellen zu. „Du, kannst du mir mit einem Problem helfen?"

„Gerne", sagte Ellen. „Und wenn ich es

nicht weiß, weiß es Laura vielleicht. Jimmy, darf ich dir Laura Foster vorstellen?"

Jimmy lächelte Laura offen an, doch dann wurde er wieder ernst. „Ich würde gerne den magischen Trank des Vergessens bei meiner Freundin anwenden, um mit ihr eine Nacht lang auf Seidenmähne zu reiten. Ich glaube, das wäre das schönste Geschenk, das ich ihr machen könnte. Aber ich habe gehört, dass dieser Trank gefährliche Nebenwirkungen hat."

„Ich verstehe", sagte Ellen. „Du willst ihr dein Einhorn zeigen, aber weil sie keine Einhornfreundin ist, darf sie von dem Geheimnis nichts erfahren. Was denkst du, Laura?"

Laura war ganz überrascht, dass Ellen sie fragte. Sie wusste, dass Ellen die Antwort genau kannte. Ellen hatte sich seit dem Zwischenfall vor einem Jahr wirklich verändert! Damals hätte sie sie niemals um ihre Meinung gefragt. Laura holte tief Luft.

„Der Trank des Vergessens ist tatsächlich ein sehr starker Zauber. Er lässt den, der ihn trinkt, nicht nur vergessen, was er gesehen hat. Die Person fühlt sich danach einige Zeit lang müde und zerschlagen. Du müsstest unbedingt bei deiner Freundin sein, wenn sie aufwacht. Und überleg dir, ob es die Sache wert ist, sie diesen Strapazen auszusetzen."

Jimmy blickte Laura nachdenklich an. „Danke", sagte er dann. „Damit hast du mir sehr geholfen, Laura."

Als Jimmy gegangen war, lächelte Ellen Laura zu. „Du bist wirklich gut als Hüterin, weißt du das? Du hast Jimmy alles gesagt, was er wissen muss, ohne ihn zu etwas zu drängen."

Sternenschweif legte stolz seine weiche Nase auf Lauras Schulter und einen Moment lang wusste sie gar nicht, wohin sie sehen soll. Doch als er ruckartig seinen Kopf hob, blickte auch Laura wieder auf.

Vor ihr stand ein unbekanntes Mädchen. Sie war wohl etwa so alt wie Laura selbst, hatte glänzendes, haselnussbraunes Haar, das ihr bis auf die schmalen Schultern fiel, blitzend blaue Augen und trug ein hellgelbes Kleid, das ihren hübschen Teint unterstrich. Hinter ihr stand ein Einhorn, das Laura den Atem verschlug: Es hatte ein strahlend weißes Fell, eine lockige, perlmuttfarbene Mähne und große, braune

Augen, die von langen Wimpern umrahmt waren. Sein Horn auf der Stirn schimmerte silbrig. Das Mädchen sah umwerfend aus, aber ein schöneres Einhorn, das musste Laura zugeben, hatte sie noch nie gesehen.

Und Sternenschweif ging es wohl ebenso, denn er stand wie vom Donner gerührt und starrte das fremde Einhorn an.

„Samya!", rief Ellen freudig. „Na, hast du dich gut umgeschaut? Laura, Samya ist heute zum ersten Mal bei einer magischen Versammlung dabei. Stell dir vor, sie wohnt beinahe 300 Kilometer von hier entfernt! Für den Weg zur Lichtung haben sie und ihr Einhorn Titania zwei Tage und zwei Nächte gebraucht."

Laura schaute Samya bewundernd an. Sie sah gar nicht aus, als habe sie eine so lange Reise hinter sich. Und dann fiel ihr noch etwas auf.

„Bist du auch bei Tag gereist? Hattest du keine Angst, dass euch jemand sieht?"

Samya warf Laura einen verständnislosen Blick zu. „Natürlich nicht. Wir sind eben unsichtbar geflogen!"

„Unsichtbar?“, wiederholte Laura. „Du weißt, wie der Unsichtbarkeitszauber funktioniert?“

„Den kennt doch wohl jedes Kind. Titania und ich fliegen fast nur unsichtbar.“ Sie streichelte ihrem Einhorn über die schillernde Mähne. „Titania ist wirklich das tollste Einhorn der ganzen Welt.“

„Daran kann es wohl nicht liegen, dass der Zauber bei uns noch nicht klappt“, gab Laura ein bisschen gekränkt zurück. „Denn mein Sternenschweif ist mindestens genauso toll.“

„Dann liegt es wohl an dir“, gab Samya ungerührt zurück. „Vielleicht übst du nicht hart genug.“

5

Laura wandte sich ab. Das hatte sie nun von ihrer Aufschneiderei! Samya hatte ihr gründlich eins ausgewischt. Und vermutlich hatte sie sogar recht damit, dass sie mit Sternenschweif noch härter für den Unsichtbarkeitszauber üben musste. Nur wann? Sie hatte doch kaum Zeit, für all ihre Klassenarbeiten zu lernen.

„Ob ich Samya fragen sollte, wie sie das mit dem Zauber macht? Vielleicht gibt es einen Trick, den wir nur noch nicht ausprobiert haben. Was denkst du, Sternenschweif?", fragte sie in Gedanken versunken ihr Einhorn.

Doch Sternenschweif antwortete nicht.

Laura drehte sich zu ihm um.

Er war nicht mehr hinter ihr! Er war überhaupt nicht zu sehen in der wogenden Menge aus silberfarbenen und schneeweißen Einhornrücken!

„Sternenschweif!", rief Laura. „Sternenschweif! Wo bist du?"

Voll Angst bahnte sie sich einen Weg durch die umherstehenden Einhörner und ihre Freunde.

Endlich erblickte sie Sternenschweif. Er stand bei Titania und schien sich angeregt mit ihr zu unterhalten. Oder … eigentlich redete er auf Titania ein, während die Einhornstute nur von Zeit zu Zeit herablassend nickte.

„Sternenschweif!“ Ungehalten machte Laura ihren Begleiter auf sich aufmerksam. „Ich dachte, du folgst mir. Ich habe dich schon überall gesucht!“

„Oh, bitte entschuldige, Laura. Ich bin wohl auf einen kleinen Schwatz hier hängen geblieben“, sagte Sternenschweif verlegen.

„Kommst du jetzt?“, fragte Laura ihn ungeduldig.

„Äh … gleich. Weißt du, wir stecken hier gerade mitten in einer …“

„Schon gut. Vergiss es“, unterbrach Laura ihn ärgerlich. „Ich bin bei Ellen und ihrer Gruppe, falls du mich brauchst.“ Und damit wandte sie sich um und ging. Was war nur in Sternenschweif gefahren? Er wich doch sonst nie von ihrer Seite! Aber vielleicht wollte er auch einfach mal die Möglichkeit nutzen, andere Einhörner kennenzulernen. Laura konnte sich nicht länger den Kopf darüber zerbrechen. Ellens Gruppe hatte sich bereits in einem Kreis zusammengefunden und beugte sich über einen schimmernden Rosenquarz.

„Als Hüter haben wir die Aufgabe“, begann Ellen gerade zu erklären, „anderen Einhornfreunden zu helfen.“

Laura blickte in die kleine Runde. Es war ein schönes Gefühl, mit Mädchen und Jungen zusammen zu sein, die die gleiche Verantwortung trugen wie sie selbst.

„Dass wir zu Hütern auserwählt wurden, ist eine besondere Ehre“, fuhr Ellen fort,

„doch ist diese Aufgabe auch mit vielen Pflichten verbunden. Wir müssen Einhornfreunden in der ganzen Welt helfen, wenn sie Probleme mit ihren Einhörnern haben. Und wir müssen jene unterstützen, die noch nicht wissen, dass ihr Pony in Wahrheit ein Einhorn ist. Dabei müssen wir immer sehr behutsam vorgehen", schloss sie und sah Laura verschwörerisch an. Laura wusste, warum. Noch im letzten Jahr hatte Ellen anders darüber gedacht und war sehr unvorsichtig gewesen. Nur so hatte ihr dieser schwerwiegende Fehler passieren können. Ellen hatte nun wirklich dazugelernt.

Laura reckte rasch den Kopf. Sternenschweif blieb in der Menge verschwunden. Also konzentrierte sie sich wieder auf die Unterhaltung.

„... wird mir das alles zu viel", sagte ein stämmiger Junge gerade. „Die Schule, der Reiterhof. Ich gebe oft Nachhilfestunden und möchte es gerne weitermachen, weil ich weiß, dass meine Schüler mich brauchen. Die Aufgaben des Hüters wachsen mir da oft über den Kopf."

Laura sah ihn erschrocken an. Vor nicht allzu langer Zeit war es ihr genauso ergangen.

„Ich kenne das, glaub mir", sagte sie voll Mitgefühl. „Ich war schon so weit, die Hüterverantwortung abzugeben." Sie spürte, wie alle Augen jetzt auf ihr ruhten. „Ich musste aber erkennen, dass es dann keinen Weg mehr zurück gegeben hätte. Und ich hätte nicht nur mein Einhorn bitter enttäuscht."

„Was hast du gemacht?", wollte der Junge wissen.

„Ich habe gelernt, meine Zeit besser einzuteilen und einige Aufgaben auch mal abzugeben, selbst wenn es mir schwerfällt.

Denn, mal ehrlich, gibt es etwas Schöneres, als gemeinsam mit seinem Einhorn anderen Freunden zu helfen?"

Die Jungen und Mädchen lächelten Laura zu und Ellen legte stolz den Arm um ihre Schulter. Laura wurde ganz warm vor Freude. Wie schade, dass Sternenschweif nicht da war, um diesen Augenblick mit ihr zu teilen.

Erst, als sich die Versammlung ihrem Ende näherte, fand Laura Sternenschweif wieder, der noch immer bei Titania stand. Die Einhornstute hatte sich gelangweilt von ihm abgewandt. Was fand er bloß an dieser hochnäsigen Stute?

„Sternenschweif!", rief Laura ihn. „Es ist Zeit, nach Hause zu fliegen. Sag Titania Auf Wiedersehen!"

Oder vielleicht lieber nicht, dachte sie im Stillen, denn sie hatte gar keine Lust, Samya und ihr eingebildetes Einhorn je wiederzusehen. Mit Ellen und ihrer Gruppe von Einhornfreunden war das schon was ganz anderes! Die sieben Jungen und Mädchen und ihre Einhörner hatten spannende Geschichten zu erzählen und wussten gute Ratschläge. Laura seufzte.

„War es nicht schön?“, fragte Sternenschweif sie.

„Es war großartig. Ich finde nur traurig, dass die magische Versammlung so selten stattfindet. Ich würde Ellen und die anderen gern öfters sehen.“

„Ja“, sagte Sternenschweif geistesabwesend. „Das geht mir auch so.“ Laura wusste, dass er an Titania dachte, die ja so weit weg wohnte.

„Komm, lass uns losfliegen. Sonst sind wir erst im Morgengrauen zu Hause“, sagte Laura, um ihn abzulenken.

Schon hob Sternenschweif ab. Ein letztes Mal blickte Laura auf die Einhörner hinab, die sich auch eines nach dem anderen zum Aufbruch bereit machten. Dann konzentrierte sie sich auf den Flug. Insgeheim war sie froh, dass sie Sternenschweif nun wieder ganz für sich hatte, ohne ihn mit Titania teilen zu müssen.

6

„Ich verstehe Mrs Cooper nicht“, beklagte sich Mel am Mittwoch in der großen Pause und biss herzhaft in eine saftige Karotte. „Die ganze Zeit über hat sie mit uns Groß- und Kleinschreibung geübt. Und nun hat sie beim Diktat doch viel mehr Getrennt- und Zusammenschreibung drangenommen. Ich hab mindestens fünf Fehler gemacht!“

„Das glaube ich nicht“, tröstete Laura ihre Freundin. „Am Samstag hatten wir beide Themen gleich viel geübt, da hattest du fast jedes Mal null Fehler."

„Ach, Laura", sagte Mel und seufzte. „Da warst du es ja auch, die uns diktiert hat. Wenn Mrs Cooper diktiert, komme ich kaum mit. Und vor lauter Aufregung baue ich noch drei Fehler zusätzlich ein."

„Wir sollten Mrs Cooper einfach bitten, dass in Zukunft Laura diktiert", schlug Jessica vor. „Das wäre sowieso lustiger und jeder käme mit und wäre weniger angespannt."

Die Mädchen lachten über diese komische Vorstellung. Danach ging es Mel auch wieder besser und sie knabberte weiter genüsslich an ihrer Karotte.

„Nach der Arbeit ist vor der Arbeit", sagte Jessica. „Von einem verhauenen Diktat geht die Welt nicht unter. Und morgen steht schon der nächste Test an. Mathe. Die letzte Arbeit vor den großen Ferien!"

„Von wegen, die Welt geht nicht unter", warf Mel kauend ein. „Wenn ich in Mathe wieder eine Fünf schreibe, will Mr Smith mit meinen Eltern über meine Versetzung reden." Sie schluckte hart. „Ich muss unbedingt eine Vier minus schaffen."

„Ich helfe dir", bot Laura an. „Am Samstag sind wir zu Mathe ja kaum gekommen. Aber so schwer ist es nicht, glaub mir."

Mel lächelte ihrer Freundin dankbar zu.

„Das ist eine gute Idee, Laura", sagte auch Jessica. „Wir treffen uns heute Nachmittag zum Lernen und vielleicht ist danach ja noch Zeit für einen kleinen Ausritt."

„Oh ja!“, riefen Mel und Laura im Chor.

„Nur …“, druckste Jessica plötzlich. „Können wir uns bei dir treffen, Laura? Samantha hat heute wieder Tom zu Besuch, und dem würde ich ja nicht so gerne begegnen …“

„Natürlich“, sagte Laura und strich ihrer Freundin aufmunternd über die Schulter. Unter der Liebesgeschichte ihrer Schwester schien sie mehr zu leiden, als Jessica es zugeben wollte. Es musste schwer sein, mit einer Verliebten unter einem Dach zu leben.

Der Nachmittag verging wie im Flug. Als Mel, Jessica und Laura ihre Ponys sattelten, um durch die Wiesen zu streifen, hatte Laura den Eindruck, dass die beiden Freundinnen dank ihrer Hilfe den Mathestoff wirklich verstanden hatten. Sie lachten erleichtert und machten sich über die bevorstehende Arbeit keine Sorgen mehr. Laura lächelte. Das war ein schönes Gefühl, die beiden so ausgelassen zu sehen.

„Nur noch dieser eine Test, Sternenschweif, und dann kann ich mich auch endlich wieder mehr um dich kümmern", flüsterte Laura ihrem Pony ins Ohr.

Sie hatte Sternenschweif gegenüber ein schrecklich schlechtes Gewissen. Denn seit sie von der magischen Versammlung zurückgekehrt waren, hatte sie keine Zeit mehr gefunden, ihn zu besuchen. Laura wusste, dass ihr das Pony deswegen nicht böse war. Und doch wünschte sie sich sehr, ihn mehr zu sehen. Zu merkwürdig war ihr letzter Abschied voneinander gewesen.

Sternenschweif hatte sie angesehen, als wäre sie durchsichtig geworden. Abwesend hatte er in die Ferne gestarrt. Laura versuchte sich einzureden, dass das vielleicht daran lag, dass er nach dem weiten Flug etwas müde war. Aber sie wusste, dass das nicht stimmen konnte. Sternenschweif war niemals müde nach einem Ausflug, egal wie lang er war. Das war eines seiner magischen Geheimnisse!

Ratlos streichelte sie seine Flanken, bevor sie aufsaß. Sie nahm sich vor, ihn heute Abend in ein Einhorn zu verwandeln und ihn zu fragen, was los war.

Als auch das letzte Geräusch im Haus verklungen war, schlich sich Laura zum Stall. Es war furchtbar unvernünftig, Sternenschweif heute Nacht zu besuchen. Obwohl sie gut war in Mathematik, brauchte sie ihren Schlaf, um sich auf die gestellten Aufgaben zu konzentrieren. Aber die Sorge um ihr Einhorn ließ ihr keine Ruhe.

„Hallo, Sternenschweif", begrüßte sie ihn leise.

Ihr Pony sah kaum auf, als sie eintrat. Was ist nur los mit ihm?, fragte sich Laura. Sonst freut er sich immer, wenn er mich sieht.

„Bitte entschuldige, dass ich in den letzten Nächten nicht bei dir war. Du musst dich schrecklich gelangweilt haben."

Sternenschweif schüttelte vage den Kopf. Merkwürdig, fand Laura.

„Wir schreiben morgen Mathe, deswegen kann ich auch heute nicht lange bei dir bleiben. Aber lieber kurz als gar nicht, oder? Kommst du?“

Sie nahm Sternenschweif am Halfter und führte ihn durch den Wald zu ihrer kleinen, geheimen Lichtung. Hier sagte sie die magischen Verse auf, die ihn in ein Einhorn verwandelten.

„Wollen wir ein bisschen über die Wipfel springen?“, fragte Laura ihr Einhorn. Das liebte er so sehr!

„Wenn du es möchtest …“, gab er zurück.

„Wenn ich es möchte?“, wiederholte Laura. „Sternenschweif! Was ist in dich gefahren? DU bist derjenige, der gerne über Baumwipfel springt!“

„Ach, wirklich“, gab er zurück. „Und ich dachte immer, du würdest es auch mögen.“

„Natürlich mag ich es!“, rief Laura verzweifelt. „Aber doch vor allem, weil es dir so viel Spaß macht. Verstehst du? Du steckst mich an mit deiner Freude!“

„Wenn Freude ansteckend ist, dann ist das wohl eine Krankheit“, antwortete Sternenschweif verstockt.

„Wie bitte?“ Laura traute ihren Ohren nicht. So etwas Stumpfsinniges hatte ihr Einhorn ja noch nie von sich gegeben. „Also, weißt du. Ich hatte gedacht, wir könnten eine lustige Stunde miteinander verbringen, bevor ich wieder ins Bett muss. Und jetzt bist du so … so komisch. Den Unsichtbarkeitszauber wirst du wohl auch nicht mit mir üben wollen, oder?“

„Ach, eigentlich …“

„Jaja, schon gut. Um mir deine Ausflüchte anzuhören, kann ich mir nicht die Nacht um die Ohren schlagen. Immerhin schreibe ich morgen die letzte wichtige Klassenarbeit vor den Sommerferien."

„Die Sorgen von Schulkindern!", schnaubte Sternenschweif.

„Sternenschweif!", rief Laura empört. „Also echt! Es wird höchste Zeit, dass ich mich wieder richtig um dich kümmern kann."

„Das brauchst du nicht, ich komme gut allein klar", sagte Sternenschweif knapp.

Das schnitt Laura ins Herz. Sie erkannte ihr liebes Einhorn wirklich nicht wieder. „Wenn das so ist", sagte sie traurig, „dann gehen wir jetzt wohl lieber wieder nach Hause. Ich muss ins Bett und schlafen."

„Laura … ehm." Sternenschweif blieb wie angewurzelt auf der Lichtung stehen. „Könntest du mich heute Nacht bitte nicht in ein Pony zurückverwandeln? Ich … ich würde gerne … den, äh, Unsichtbarkeitszauber üben. So … so kann ich dich am Freitag vielleicht überraschen."

Laura merkte auf. Es war das erste Mal, dass Sternenschweif sie darum bat, in ihrer Abwesenheit ein Einhorn bleiben zu dürfen. Aber immerhin wollte er diesen verflixten Zauber üben – vielleicht war doch alles in Ordnung? Vielleicht war er nur so abweisend, weil es ihm unangenehm war, den Zauber nicht zu beherrschen? Laura gab sich einen Ruck.

„Du weißt, dass dich niemand als Einhorn sehen darf. Ich komme morgen in aller Frühe in den Stall und gebe dir die Ponygestalt wieder. Bis dahin … viel Glück mit dem Zauber."

Sie hatte kaum ausgesprochen, da flog Sternenschweif schon wiehernd über die Baumwipfel davon. Laura drehte sich langsam um. Am Freitag musste sie herausfinden, was ihr Einhorn im Schilde führte. Doch erst mal musste sie diese Mathearbeit hinter sich bringen. Sie rannte durch den stillen Wald zum Wohnhaus.

7

Erleichtert packte Laura am Freitagnachmittag ihre Schulsachen zusammen. Endlich hatten sie alle Tests und Arbeiten hinter sich! Nur noch eine Schulwoche ohne Verpflichtungen trennten die drei Freundinnen von den Sommerferien. Dabei hatten ihre Lehrer sie bis zuletzt in Atem gehalten. Heute noch hatte Mr Walker Laura, Mel und einige andere Schüler der Klasse, deren Noten noch unklar waren, in Erdkunde abgefragt. Laura lachte erleichtert auf. Zum Glück hatte sie gestern Abend noch die Flüsse Chinas auswendig gelernt. Sie hatte alles gewusst und nun würde ihr Mr Walker eine Zwei ins Zeugnis schreiben!

„Lang-Tee! Balkong! Wer soll sich denn merken, wie diese Flüsse alle heißen. Ich kann sie ja noch nicht einmal aussprechen, ohne mir einen Knoten in die Zunge zu machen", beschwerte sich Mel.

„Jangtse und Mekong!", verbesserte Laura ausgelassen. „Immer noch einfacher als Fischersfritzefischtfrischefische, oder? Und jetzt vergiss die ollen Flüsse. China ist sooo weit entfernt und die Sommerferien sind sooo nah!"

„Und das Sommerfest ist schon morgen!", jubelte Jessica. „Ich bin wirklich gespannt, was die Neuntklässler in diesem

Jahr auf die Beine stellen. Gerüchten zufolge soll es eine Meerjungfrauen-Party werden!"

„Oh, das wäre ja toll!", rief Laura. „Ich liebe Meerjungfrauen!"

„Und ich liebe Sandy", sagte Jessica grinsend. „Wie wär's, wollen wir heute Nachmittag endlich einmal wieder einen großen Ausritt machen? Ohne Arbeit im Nacken?"

Natürlich waren Laura und Mel sofort Feuer und Flamme für diese gute Idee und sie verabredeten sich für drei Uhr bei den Parkers.

Als Laura um drei Uhr auf den Hof des Farmhauses ritt, staunte sie nicht schlecht, als ein fremder Wagen die Einfahrt zuparkte. Doch weil ihr Mel und Jessica schon entgegengeritten kamen, wunderte sie sich nicht länger.

„Grace hat einen kleinen Hundewelpen!", empfing Jessica sie aufgeregt. „Wollen wir nicht zu ihr reiten, um sie zu besuchen?"

„Sehr gern!", sagte Laura, während sie sich mit Sternenschweif wieder an dem so unverschämt parkenden Auto vorbeiquetschte.

„Tom!", schnaubte Jessica abfällig. „Jetzt hat er seinen Führerschein. Und ein neues Auto dazu. Wenn er wenigstens gelernt hätte, wie man es anständig abstellt!"

„Ist er heute schon wieder bei euch?", wollte Laura wissen. Sie drückte Sternenschweif leicht die Ferse in die Flanke, damit er in den Waldweg einbog. Beinahe wäre er geradeaus weiter ins Feld gelaufen, erst im letzten Augenblick hatte Laura seine Unaufmerksamkeit korrigieren können. Dabei kannte er diesen Weg doch in- und auswendig!

„Wie du siehst“, antwortete Jessica düster. „Seit Tom den Führerschein hat, ist er der Allertollste überhaupt. Jetzt dürfen wir uns beim Abendbrot von Samantha alle Details darüber anhören, wie viele PS seine Karre hat und wie schnell sie ist. Und natürlich, was für ein guter Fahrer Tom ist … Man sieht es ja an seinen Einparkkünsten! Über alledem vergisst Samantha total das Essen. Sally hat echt Mühe, ihr noch Nahrung einzuflößen. Samantha behauptet nämlich, dass vor lauter Schmetterlingen gar kein Platz mehr in ihrem Bauch sei.“

„So ein Quatsch“, platzte Mel dazwischen. „Und das glaubt Sally ihr?“

„Natürlich nicht. Aber was soll sie machen?“, wandte Jessica ein. „Samantha ernährt sich nur noch von Luft und Liebe.“

„Diese ganze Liebesgeschichte wird immer verrückter, habe ich den Eindruck“, sagte Laura nachdenklich.

„Das kannst du laut sagen“, gab Jessica zu. „Inzwischen ist Samantha so liebesblind, dass sie sogar ständig gegen irgendwelche Türrahmen und Schränke rennt.“

Plötzlich strauchelte Sternenschweif. Sein Vorderfuß knickte weg und Laura hatte Mühe, sich zu halten. Mit ihren Hilfen fand Sternenschweif schnell das Gleichgewicht wieder. Laura spürte, wie ihr Herz klopfte. Was war nur los mit ihrem Pony?

„Mir scheint, nicht nur Samantha ist auf einmal blind geworden, was?“, scherzte Mel. „Wie konnte Sternenschweif nur dieses Schlagloch übersehen?“

Laura blickte sich um. Tatsächlich, nur ein Schlagloch. Sternenschweif war doch sonst nicht so unachtsam. Irgendetwas stimmte mit ihrem Pony ganz und gar nicht!

Die düsteren Gedanken verscheuchen konnte Laura erst, als ihr Flecki entgegensprang. Der kleine Welpe war furchtbar süß und seinen Namen hatte Grace gut gewählt: der junge Dalmatiner war über und über mit schwarzen Flecken, winzig wie Sommersprossen, übersät.

„Oh, Grace! Ist der goldig", jauchzte Jessica, als sie Flecki in den Armen hielt.

„Flecki ist erst acht Wochen alt. Aber der Züchter meinte, dass er reif genug sei, um seine Mutter zu verlassen", erzählte Grace. „Jetzt geben wir ihm ein spezielles Welpenfutter. Das sieht total süß aus, wenn er es so übermütig herunterschlingt, dass er husten muss." Grace kicherte und betrachtete liebevoll ihren kleinen Hund, der neugierig an Jessicas Hand schnüffelte.

„Flecki ist richtig tollpatschig“, sagte sie dann. „Manchmal will er drei Treppenstufen auf einmal nehmen. Dabei fällt er natürlich auf die Nase. Zum Glück fällt er immer weich.“

„Gib ihm ein bisschen Zeit“, tröstete Laura Grace. „Der Hund meines Bruders brauchte auch eine Weile, bis er sich an uns gewöhnt hatte. Solange er dich als Frauchen anerkennt und dir nicht von der Seite weicht, hast du nichts zu befürchten. Du machst schon alles richtig.“

„Danke, Laura“, sagte Grace.

„Und wenn irgendwas ist, dann ruf uns einfach an“, bot Laura an. „Vielleicht weiß mein Bruder ja eine Antwort, immerhin hat er mit Buddy schon viele Erfahrungen gesammelt.“

„Das ist lieb von dir, Laura", antwortete Grace und lächelte.

Ihre Familie saß schon beim Abendessen, als Laura von ihrem Ausritt zurückkehrte. Aber als sie von dem niedlichen Flecki erzählte, konnten alle gut verstehen, warum sie heute zu spät gekommen war.

„Buddy war auch so süß, als er ein kleiner Welpe war", erinnerte sich Mrs Foster.

„Buddy ist immer noch süß!“, wandte Max ein.

„Natürlich, Max“, gab sein Vater zu. „Mama meinte nur, dass Buddy so ganz besonders knuddelig war, als er zu uns kam. Weißt du noch, dass er aussah wie ein geflecktes Wollknäuel?“

Max grinste. „Kaum zu glauben, dass er seither so gewachsen ist, was?“, sagte er und steckte Buddy ein Stück Wurst zu.

„Kein Wunder, bei all den Leckerbissen, die er von dir bekommt“, meinte Laura und zwinkerte ihrem Bruder zu. „Darf ich noch zu Sternenschweif?“, fragte sie ihre Mutter, als das Essen beendet war.

„Geh nur, Max hilft mir in der Küche und Papa kümmert sich um Sophie. Du musst wohl einiges nachholen nach all dem Stress in der Schule, nicht wahr?“, sagte Mrs Foster. Laura war ihrer Mutter wirklich dankbar dafür, dass sie immer so einfühlsam war und genau das Richtige im richtigen Moment sagte.

Nur wenige Augenblicke später war Laura im Stall bei Sternenschweif. Sie hielt ihm eine saftige Möhre unter die Nase, doch Sternenschweif beachtete sein Lieblingsgemüse kaum. Wieder kamen in Laura all ihre Sorgen hoch. Sie musste jetzt wissen, was mit ihrem besten Freund los war.

Schnurstracks ritt sie mit ihm durch den Wald auf ihre geheime Lichtung, wo sie sofort den Verwandlungszauber aufsagte.

„Was hast du?“, fragte sie ohne Umschweife, als das schneeweiße Einhorn vor ihr stand. „Du lehnst das Essen ab, das ich dir bringe, und du übersiehst Schlaglöcher und altbekannte Abzweigungen. Und mir gegenüber verhältst du dich manchmal, als wäre ich Luft! Sag, bist du krank?“ Laura merkte, wie ihr die Kehle eng wurde.

„Krank?“, fragte Sternenschweif verwundert. „Nein.“

„Was ist es dann? Erzähl es mir! Ich bin doch deine beste Freundin, oder etwa nicht?“ Jetzt spürte Laura dicke Tränen auf ihren Wangen.

Als Sternenschweif das sah, kam er bestürzt auf Laura zu und legte ihr sacht sein magisches Horn auf die Schulter. „Mach dir keine Gedanken, Laura. Mit mir ist alles in Ordnung.“

Laura schniefte und wischte sich die Tränen aus dem Gesicht. „Sternenschweif, ich habe das Gefühl, dass du Lichtjahre von mir entfernt bist."

„Laura, nun beruhige dich doch bitte", sagte Sternenschweif fest. „Es ist nichts. Mir … macht eben dieser Unsichtbarkeitszauber zu schaffen."

Laura sah ihr Einhorn zweifelnd an. „Und das ist alles? Mehr steckt nicht dahinter?"

„Bitte, Laura", sagte Sternenschweif statt einer Antwort. „Lass mich auch diese Nacht noch einmal ein Einhorn sein. Ich muss … noch so viel üben!"

„Sternenschweif", sagte Laura schwach. „Ich mag es nicht, wenn du Heimlichkeiten vor mir hast. Ich würde dir gerne mit dem Zauber helfen."

„Das kannst du nicht!“, rief Sternenschweif ruppig.

„Ich … möchte doch nur, dass es dir gut geht“, flüsterte Laura verzweifelt.

„Dann lass mich ein Einhorn sein, nur für diese Nacht“, forderte Sternenschweif ungestüm.

Laura zuckte die Schultern. Was sollte sie machen? Gegen so viel Eigensinn kam sie nicht an. „Sei bitte vorsichtig. Und komm rechtzeitig wieder, damit ich dich morgen früh zurückverwandeln kann“, sagte sie schließlich.

In Gedanken versunken lief sie zum Wohnhaus zurück, wo sie sich wusch, die Zähne putzte und zu Bett ging. Doch die Gedanken, die unablässig in ihrem Kopf Karussell fuhren, ließen sie nicht einschlafen.

Sternenschweif verheimlichte ihr etwas, so viel stand fest. Nur was? Was, um Himmels willen, konnte dazu führen, dass er sie kaum noch beachtete und Leckerbissen verschmähte, die er sonst mit Freuden verschlang? Inzwischen glaubte Laura nicht mehr, dass er sich nur über den Unsichtbarkeitszauber grämte. Nein, irgendetwas veränderte ihr Einhorn grundlegend. Er war nicht mehr wiederzuerkennen. Gar nicht mehr er selbst.

„Samantha ist so liebesblind ... Sie ernährt sich nur noch von Luft und Liebe ... Sie ist gar nicht mehr sie selbst", fielen Laura plötzlich die Worte ihrer Freundin Jessica ein. *„Nur Luft und Liebe ... Liebe ... Liebe..."*

Konnte es das etwa sein? War Sternenschweif verliebt?

Aber in wen hätte sich Sternenschweif denn bitte schön verlieben sollen?

Papperlapapp, das konnte doch alles nur Unsinn sein. Sicherlich nahmen ihre Sorgen schon so überhand, dass sie langsam überschnappte, sagte sich Laura. Sie zog sich die Decke über die Ohren und versuchte, endlich Schlaf zu finden.

8

Den ganzen Samstagvormittag über half Laura ihren Freundinnen aus der neunten Klasse, die Turnhalle für den Sommerball am Abend zu schmücken. Margaret hatte sie früh am Morgen völlig aufgelöst angerufen und gefragt, ob Laura nicht kommen könnte, weil zwei der Mädchen plötzlich krank geworden waren – und es gab so viel zu tun! Natürlich überlegte Laura nicht lange und sagte zu. Schließlich brannte sie darauf, das Motto des Balls herauszufinden. Und sie jubelte innerlich auf, denn es sollte tatsächlich ein „Unter dem Meer"-Ball werden. Gemeinsam hängten die Mädchen blaue, grüne und violettfarbene Luftballons und Luftschlagen auf, banden Krepppapierschleifen und drapierten allerlei Seegetier wie Krebse, Seesterne, Seepferdchen und Muscheln auf den Tischen und Fensterbänken. Am Ende waren sie sehr zufrieden mit ihrem Werk!

Allerdings hatte das Dekorieren bis fast drei Uhr gedauert und jetzt hatte Laura Hunger – und große Sehnsucht nach Sternenschweif. Schnell strich sie sich ein Butterbrot und wusch eine Möhre für ihr Pony ab, da klingelte das Telefon.

„Laura?", fragte eine aufgeregte Stimme.

„Ja, ich bin's. Wer ist da?"

„Oh, Laura, wie gut, dass du da bist! Hier ist Grace. Laura, stell dir vor: Flecki ist verschwunden!"

Laura hörte, wie Grace am anderen Ende der Leitung schluchzte.

„Grace, bitte beruhige dich", sagte sie

sanft. „Flecki ist noch so klein. Er wird nicht weit weggelaufen sein."

„Wir suchen ihn schon seit gestern Abend. Inzwischen kann er wer weiß wo sein", erklärte Grace schniefend. „Wir haben schon überall gesucht, in allen Ställen, im Heuschober, im Haus vom Keller bis zum Dachboden. Laura, ich glaube, er ist weggelaufen. Vielleicht hat er sich verirrt."

„Hm, jetzt verstehe ich deine Aufregung", gab Laura besorgt zu. „Aber keine Bange, Grace. Wir werden ihn finden, glaub mir. Ich helfe euch mit Sternenschweif beim Suchen."

„Danke, Laura", sagte Grace.

„Ich melde mich, Grace", versprach Laura in Gedanken versunken.

Flecki war weg! Das waren schlimme

Nachrichten. Denn im Laufe von fast vierundzwanzig Stunden konnte auch ein kleiner Welpe eine große Strecke zurücklegen. Wohin bloß war er gelaufen, so ganz allein? Hoffentlich war ihm nichts zugestoßen!

„Es gibt nur einen Weg, das herauszufinden", murmelte Laura und sprang die Treppen hinauf in ihr Zimmer. Dort zog sie die alte Kiste hervor, die ihr Mrs Fontana hinterlassen hatte und die voller magischer Dinge steckte. Behutsam nahm Laura einen flachen Stein heraus, einen alten Rosenquarz. Mit dem Ärmel strich sie über die glatte Oberfläche, dann verbarg sie den Stein unter ihrem Pullover. Um zu sehen, wo Flecki war, brauchte sie Sternenschweifs Hilfe. Rasch lief sie an sein Gatter.

Sternenschweif stand mitten auf der Koppel und wirkte abwesend.

„Sternenschweif!", rief Laura ihn. Doch das Pony rührte sich nicht. Ungeduldig kletterte Laura über den Zaun und lief auf ihr Pony zu.

„Sternenschweif!", rief sie noch einmal.

Sternenschweif zuckte zusammen, als sei er gerade aus einem Traum erwacht. Er wieherte ungehalten, doch Laura fuhr aufgeregt fort: „Sternenschweif, Grace' kleiner Hund Flecki ist verschwunden. Wir müssen unbedingt den Rosenquarz nach ihm befragen, und dafür müssen wir zur geheimen Lichtung reiten."

Sie packte Sternenschweif am Zügel. Nur widerwillig ließ er sich von der Koppel führen. Fester als gewollt drückte Laura ihrem Pony die Fersen in die Flanken und ritt mit ihm im Galopp zur Lichtung.

Dort angekommen, sagte sie den Verwandlungszauber auf.

„Du hast mir wehgetan“, beklagte sich Sternenschweif, kaum dass sich der violette Nebel verzogen hatte.

„Das tut mir leid, Sternenschweif, wirklich“, entschuldigte sich Laura. „Aber es ist sehr dringend, dass wir herausfinden, wo Flecki ist. Bitte, berühre mit deinem Horn den Rosenquarz.“

„Ich weiß noch nicht mal, wer Flecki ist“, maulte Sternenschweif. „Außerdem bin ich müde.“

„Flecki ist der kleine Hund, den wir gestern besucht haben. Erinnerst du dich etwa nicht mehr an ihn?“, wollte Laura unwirsch wissen. „Er ist erst acht Wochen alt und streunt irgendwo da draußen mutterseelenallein herum. Wir müssen ihm helfen, verstehst du? Wir sind seine einzige Hoffnung!“

„Soll er doch seine Nase benutzen, um nach Hause zu finden“, antwortete Sternenschweif nur. „Ich bin heute nicht fit genug, um streunende Hunde zu retten.“

Einen Moment lang war Laura sprachlos. Dann fasste sie sich. Sie musste einsehen, dass sie bei ihrem so merkwürdig veränderten Einhorn mit Vernunft nicht weiterkam. Also zog sie den Rosenquarz unter ihrem Pullover hervor und stupste ihn leicht gegen Sternenschweifs Horn.

„He, was fällt dir …“, protestierte er.

„Flecki!“, rief Laura laut und deutlich.

Im gleichen Augenblick flammte ein violetter Blitz auf, Nebelschwaden quollen aus dem Stein. Als sie sich verzogen hatten, schimmerte die Oberfläche des Rosenquarzes silbern. Immer deutlicher zeichneten sich Umrisse ab. Schließlich sah Laura den kleinen Hund.

Flecki wuselte ziellos durch eine Wiese. Wieder und wieder hob er seine kleine Schnauze, als würde er kläglich winseln.

Laura wurde es ganz eng ums Herz. Der arme Kerl. Nur, wo genau steckte er? Plötzlich sah sie noch etwas, das ihr den Atem stocken ließ: Flecki näherte sich einem Flusslauf! Laura kannte diese Stelle. Hier machte der Fluss einige gefährliche Wendungen mit trügerischen Stromschnellen, bevor er sich etwa hundert Meter weiter in einem Wasserfall ergoss.

„Sternenschweif, wir müssen ihm helfen“, sagte Laura entsetzt. „Flecki läuft direkt auf den Fluss zu, er wird darin ertrinken!“

„Ach nein, Laura. Ich habe dir doch gesagt, dass ich heute nicht in der Verfassung bin für Rettungsaktionen. Ich bin müde“, wollte sich Sternenschweif herausreden.

„Sternenschweif! Was ist nur los mit dir?

Flecki schwebt in Lebensgefahr, begreifst du das nicht? Willst du riskieren, dass ein kleiner Hund ertrinkt, weil du dir die letzten Nächte um die Ohren geschlagen hast?" Laura war jetzt richtig wütend. Und gleichzeitig war sie unendlich traurig, denn wütend, nein, so wütend wie jetzt, war sie noch nie auf ihr Einhorn gewesen. Sie war furchtbar enttäuscht von ihm.

Ohne ein weiteres Wort sprang sie auf seinen Rücken. „Es ist noch zu früh, um durch die Luft zu fliegen", sagte sie mit einem prüfenden Blick in den Himmel, der gerade begann, sich rötlich zu färben. „Bitte lauf, so schnell du kannst, zum Rush River. Wir müssen Flecki finden", sagte sie knapp.

9

Laura hatte alle Hände voll zu tun, um ihr Einhorn durch den dämmrigen Wald zu lenken. Auf geheimen, verschlungenen Pfaden trabte er Richtung Rush River. Zweige schlugen Laura ins Gesicht und sie wünschte sich, dass es bald dunkel genug wäre, damit sie endlich abheben und den Rest der Strecke im Flug zurücklegen könnten. Sie spürte förmlich, wie die Minuten zerronnen. Und inzwischen konnte Flecki schon sonst etwas zugestoßen sein! Ungeduldig spornte sie Sternenschweif an.

Im schummrigen Licht glänzte Sternenschweifs gewundenes Horn hell. Jedes Mal, wenn sie an eine Weggabelung kamen, lenkte es sie in die richtige Richtung. Laura war erleichtert, dass die Magie offenbar auch funktionierte, wenn Sternenschweif nicht bei der Sache war. Denn dass er in Gedanken woanders war, merkte sie deutlich. Immer wieder musste sie ihm korrigierende Hilfen geben, damit er auf dem schmalen Pfad blieb.

Samantha ist so liebesblind, dass sie sogar ständig gegen irgendwelche Türrahmen und Schänke rennt, hörte Laura in Gedanken wieder Jessicas Stimme. Blind vor Liebe. War Sternenschweif wirklich verliebt?

Da tauchte unmittelbar vor ihnen aus dem Schummerlicht ein quer liegender Baumstamm auf.

„Pass auf!", schrie Laura.

Unter ihr zuckte Sternenschweif zusammen. Vor Schreck schien er seinen rasanten Trab nicht bremsen zu können. Im letzten Moment hob er ab, um über den Baumstamm zu setzen.

Laura schloss die Augen. Das war knapp … so knapp.

Schon spürte sie, wie es sie aus dem Sattel riss und sie durch die Luft flog. Etwas Hartes streifte ihren linken Arm. Dann landete sie auf dem nadelbedeckten Waldboden.

Laura dröhnte der Kopf. Ihr linker Arm brannte vor Schmerz. Sie brauchte einige

Sekunden, um wieder ganz zur Besinnung zu kommen. Sternenschweif hatte sie im Sprung abgeworfen. Laura spürte, wie Tränen der Wut und der Verzweiflung ihre Wangen hinabkullerten.

„Laura“, hörte sie Sternenschweifs warme Stimme an ihrem Ohr. Zärtlich strich er mit seinem Horn über ihre Schultern. „Laura, ist dir etwas passiert?“

Laura blickte auf. Als sie in seine lieben Augen blickte, schmolz ihr Ärger dahin. „Es geht schon wieder“, schniefte sie. „Erklär mir nur bitte, wie du den Baumstamm übersehen konntest. Er liegt doch breit über dem Weg.“

„Ich sagte es dir schon, Laura. Ich bin müde.“

„Aber das geht doch gar nicht. Du bist nie müde. Das ist Teil deiner Magie!“, rief Laura.

Sternenschweif wich ihrem forschenden Blick aus. „Lass uns weiter nach Flecki suchen“, sagte er schnell. „Ich glaube, inzwischen ist es dunkel genug, um fliegen zu können."

Laura rappelte sich auf und rieb den schmerzenden Arm. „Du hast recht", sagte sie dann. „Also, flieg zu Flecki, Sternenschweif. Aber bitte pass auf, dass du mich nicht wieder abwirfst. Einen Sturz aus dem Nachthimmel könnte mir mein Körper wirklich übel nehmen."

In der Luft kamen sie viel schneller voran. Und doch nicht schnell genug. Als sie die Wiese am Rush River erreichten, war Flecki nirgends zu sehen.

„Sternenschweif, flieg niedriger!", rief Laura gegen den Flugwind an. „Wir müssen die Ufer nach ihm absuchen!"

Gehorsam ging Sternenschweif in den

Sinkflug, bis seine Hufe beinahe die Wellen des tosenden Flusses erreichten.

„Flecki!“, schrie Laura. „Flecki, wo bist du?“

Endlose Sekunden vergingen, bis Laura meinte, gegen das Rauschen des Flusses ein leises Winseln zu vernehmen.

„Ich glaube, ich höre ihn, Sternenschweif“, sagte sie aufgeregt.

„Es kam von dort drüben“, meinte das Einhorn. Rasch änderte es die Flugrichtung.

„Da! Ich sehe ihn!“, schrie Laura. „Oh, Sternenschweif, er ist schon ins Wasser gefallen!“

Winselnd und kläffend hing der kleine Dalmatiner an einem abgerissenen Ast, der sich zwischen zwei Felsen verklemmt hatte.

Nur wenige Meter bevor der Fluss in den Abgrund stürzte.

„Wenn ihn seine Kräfte verlassen, wird er von der Strömung mitgerissen und den Wasserfall hinuntergespült. Was sollen wir tun, Sternenschweif?", fragte Laura verzweifelt.

Sternenschweif landete sacht an einer kleinen Bucht neben den Felsen. Der Fluss rauschte hier so sehr, dass sie ihre Stimmen heben mussten, um sich verständigen zu können.

„Es ist zu gefährlich, in den Fluss zu springen, Laura", gab Sternenschweif zu bedenken. „Er wird uns genauso mitreißen wie den kleinen Hund."

„Flecki darf nicht sterben", sagte Laura. Entschlossen nahm sie Sternenschweif die

Zügel ab und band sich ein Ende an den Gürtel. Das andere Ende hielt sie Sternenschweif hin.

„Bitte, nimm dies zwischen deine Zähne. Du hältst damit mein Leben in deiner Verantwortung. Ich hoffe, du bist diesmal nicht so nachlässig wie vorhin im Wald." Sie blickte ihm geradewegs in die Augen. Einen Moment lang senkte Sternenschweif beschämt den Blick. Dann sah er wieder auf und nahm den Zügel fest zwischen seine Zähne. Laura lächelte ihn an.

Dann drehte sie sich um. Vorsichtig durchwatete sie die seichte Bucht und kletterte auf den nahen Felsen. Das Gestein war moosbewachsen und glitschig. Wenn sie fiele, gäbe es außer dem Zügel keinen Halt mehr. Dann würde das wilde Wasser sie mit in den Abgrund reißen. Zentimeter für Zentimeter kroch sie am Felsen hinauf. Immer wieder suchte sie mit Händen und Füßen nach Halt, immer wieder rutschte sie ab, fing sich aber sogleich wieder auf. An ihrem Gürtel spannte der Zügel.

Endlich erreichte sie die abgeflachte Oberseite des Felsens. Von hier oben sah sie den kleinen Hund, der hilflos an einer

Astgabel hing. Laura legte sich auf den Bauch und machte sich, so lang sie konnte. Vergeblich. Ihr Arm war zu kurz.

Vorsichtig robbte sie ein Stück vor. Abermals streckte sie sich. Ihre Fingerspitzen berührten das Wasser. Doch an den Ast mit dem Welpen reichte sie immer noch nicht.

Nur ein kleines Stück, ein winziges, rutschte sie an dem nassen Felsen vor. Mit der linken Hand fand sie Halt an irgendwas, einen Zweig, so fühlte es sich an. Beinahe kopfüber hing Laura nun an dem Felsen. Sie streckte die rechte Hand aus. Ihre Finger berührten den Hund im Nacken. Nur zwei Zentimeter fehlten. Zum Zerreißen dehnte Laura die Schultern. Da flammte ein Schmerz durch ihren verletzten Arm. Mit einem Aufschrei ließ sie den Zweig los.

Noch während sie in die Wellen stürzte, krallten sich die Finger ihrer rechten Hand in das Fell des Welpen.

Dann bestand die Welt nur noch aus Wasser und Strudeln. Laura spürte, wie ein Sog sie erfasste und in eine Richtung zerrte. Benommen ahnte sie, dass das der Wasserfall war, um sie mit sich in die Tiefe zu reißen.

Hilflos schluckt Laura Wasser.

Da merkte sie, dass eine andere Kraft sie in die Gegenrichtung zog. Eine Kraft, die sie an ihrem Gürtel packte, die sie auf wundersame Weise durchströmte und ihr selbst nie gekannte Kräfte verlieh.

Prustend durchstieß Laura die aufgewühlte Wasseroberfläche. Schnell klemmte sie sich Flecki unter den verletzten linken

Arm, damit sie den rechten frei hatte, um zum Ufer zu schwimmen. Gleichzeitig ließ die Kraft, die sie am Gürtel zog, nicht nach. Meter für Meter kam das rettende Land näher.

Endlich wurde der Sog des Wasserfalls schwächer. In der kleinen Bucht gab die Strömung das erschöpfte Mädchen und den Welpen frei.

Keuchend schleppte sich Laura ans Ufer. Sie hustete und rang nach Luft. Besorgt sprang Sternenschweif auf sie zu.

„Laura! Laura!", rief er außer sich. Doch da sah er, wie seine Freundin glücklich lächelte. Aus der Beuge ihres linken Arms schaute sie ein nasses Bündel neugierig an.

„Wau", kläffte Flecki und schüttelte sich. „Wau."

„Flecki scheint schon vergessen zu haben, in welcher Gefahr er schwebte“, flüsterte Laura versonnen. „Vielleicht denkt er, dass das nur ein spannendes Abenteuer war.“

„Er wird seine Lektion schon gelernt haben“, meinte Sternenschweif.

Laura blickte ihn ernst an. „Danke“, sagte sie dann und drückte ihm einen Kuss auf die Nüstern. „Danke, dass du uns beiden das Leben gerettet hast.“

10

Schlotternd vor Kälte beobachtete Laura vom Waldrand aus, wie Grace die Verandatüre öffnete und auf der Treppe ihren ausgelassen bellenden Hund fand.

„Oh, Flecki!“, rief sie. „Wo hast du nur gesteckt?“ Glücklich drückte sie den kleinen Welpen an sich. Und Flecki fuhr mit seiner zarten rosa Zunge über ihr Gesicht. Offenbar hatte ihm Grace genauso gefehlt wie er ihr.

„Flecki, mein Flecki“, jauchzte Grace immer wieder. Dann drehte sie sich zum Haus um und rief: „Mama, schau mal, wer wieder da ist!" Und im Hineingehen hörte Laura sie noch fragen: „Sag mal, bist du in Regen gekommen? Du bist ja ganz nass."

Dann klappte die Tür hinter den beiden zu.

Laura lief ein Schauer über den Rücken, ob vor Freude oder vor Kälte, wusste sie nicht.

„Wir sollten heimkehren“, sagte Sternenschweif sacht. „Sonst holst du dir noch den Tod.“

Laura nieste und lachte. „Keine Bange“, sagte sie dann. „Solange du bei mir bist, kriegt der mich nicht so schnell.“

„Ja“, stimmte Sternenschweif zu. „Solange ich bei dir bin …“ Er verstummte.

Behutsam lenkte Laura ihr Einhorn in den dunklen Wald. Eine Weile lang ritten sie schweigend. Laura spürte, dass ihr Einhorn ihr etwas sagen wollte. Sie nieste wieder und unterdrückte ein Stöhnen.

Sternenschweif hatte es trotzdem gehört. „Tut der Arm noch weh?“, fragte er vorsichtig.

„Wird langsam besser“, meinte Laura. Doch richtig gut fühlte es sich noch nicht an. Sie würde Mama die Verletzung zeigen müssen.

„Es tut mir furchtbar leid, dass ich so unachtsam war", platzte es da aus Sternenschweif heraus. „Es tut mir überhaupt sehr, sehr leid, dass ich in letzter Zeit so … so merkwürdig war. Ich wollte dir nicht wehtun. Und … und ich wollte auch den kleinen Hund nicht ertrinken lassen. Jetzt bin ich heilfroh, dass wir Flecki gerettet haben."

„Das weiß ich doch", tröstete ihn Laura. „Aber was war denn los? Erst dachte ich, du wärst krank. Und dann …" Sie grinste. „Dann dachte ich sogar, du wärst verliebt!"

Sternenschweif schnaubte verlegen und gab kleinlaut zu: „Laura, ich glaube, das war ich auch. Verliebt."

Einen Moment lang verschlug es Laura die Sprache. Schließlich fragte sie: „Echt? Aber in wen denn?"

„Erinnerst du dich an Titania?"

„Titania? Doch nicht Titania, das Einhorn von Samya?", wollte Laura erstaunt wissen.

„Doch, genau die. Titania … das schönste Einhorn der Welt …" Sternenschweif seufzte.

„Oh, Sternenschweif!", rief Laura. „Du bist ja immer noch in sie verliebt."

„Aber sie nicht in mich", sagte Sternenschweif traurig.

Im Reiten beugte sich Laura vor und umarmte ihr Einhorn. „Das tut mir schrecklich leid für dich."

„Sie wollte von Anfang an nichts mit mir zu tun haben, glaube ich", wandte Sternenschweif ein. „Jede Nacht, in der ich ein Einhorn war, bin ich zu ihr geflogen, den ganzen weiten Weg. Wir haben uns unterhalten, den Mond angesehen. Aber … eigentlich wollte sie immer nur über sich selbst reden und gar nichts von mir wissen."

„Dann war sie deine Liebe doch gar nicht wert", sagte Laura leise in sein Ohr.

Sternenschweif seufzte. „Vermutlich hast du recht. Trotzdem tut es weh."

Wieder ritten sie schweigend dahin, bis Sternenschweif die Stille durchbrach. „Aber dass ich gleichzeitig dir wehgetan habe, ist das Schlimmste an allem."

Laura streichelte seinen Hals. „Wenn du jetzt nur wieder zu mir gehörst, ist alles gut." Sie vergrub ihre Nase in seiner seidenweichen Mähne. Bis ans Ende der Welt hätte sie so mit ihrem Einhorn reiten können.

Doch schon tauchte am Waldrand die Farm der Fosters auf. Laura stieg ab, drückte ihrem Einhorn noch einen Kuss auf die Stirn, dann sprach sie die Worte für den Rückverwandlungszauber. Auf ihrem Pony ritt sie die letzten Meter bis zum Haus. Erst hier merkte sie, wie zerschlagen sie von ihrem Abenteuer war. Als sie Sternenschweif durchs Tor ließ, ging im Haus Licht an. Ihre Mutter öffnete die Tür.

„Laura, Kind, wo hast du nur gesteckt?", rief sie besorgt.

Es war gut, wieder zu Hause zu sein. Ihre Mutter ließ Laura eine heiße Badewanne ein und cremte den Arm hinterher mit einer wohltuenden Salbe ein. Mit einer warmen Suppe im Bauch ging es Laura bald wieder viel besser.

„Mel hat angerufen und gefragt, ob sie dich zum Abschlussball abholen soll“, richtete Mrs Foster aus, während Laura die letzten Löffel Bouillon aß.

Nachdenklich ließ Laura den Löffel sinken. Dann schüttelte sie den Kopf. „Nein. Sagst du ihr bitte, dass ich nicht kommen kann? Ich muss bei Sternenschweif bleiben, er hat eine sehr harte Zeit durchgemacht und ich kann ihn jetzt nicht allein lassen.“

Obwohl ihre Mutter sie fragend ansah, lächelte sie im nächsten Moment. „Ihr beiden seid schon ganz besondere Freunde. Na, sieh zu, dass du zu ihm kommst!“

„Danke, Mama“, sagte Laura und lief zum Stall.

Sternenschweif ließ trübsinnig den Kopf hängen. Doch als er Laura kommen hörte, wieherte er leise. Laura umarmte ihr Pony stürmisch. „Guck mich nicht so an. Natürlich gehe ich nicht zu einem Fest, wenn ich weiß, dass mein bester Freund Liebeskummer hat." Sie stupste ihn zärtlich in die Seite. Zur Antwort knabberte Sternenschweif sanft an Lauras Ohr.

„Du bist einfach der Allerbeste", flüsterte sie ihm zu. „Tausendmal besser als alle Titanias der Welt! Wie konnte ich bloß nicht merken, dass du so unglücklich warst? Ich habe die ganze Zeit nur an mich gedacht, an meine Tests in der Schule und dann an das Abschlussfest. Es tut mir so leid, dass ich nicht besser auf dich geachtet habe. Ich bin wirklich eine schöne Freundin!"

Sternenschweif legte seinen Kopf behutsam auf ihre Schulter, während Laura ihr Pony streichelte. Sie sog den tröstenden Geruch ein und spürte das weiche Fell an ihrer Wange. Unter ihren Fingern fühlte sie, wie sich Sternenschweif allmählich entspannte und ruhiger wurde.

Irgendwann übermannte sie beide die Anstrengung ihres Abenteuers und sie schliefen ein. Im Traum wackelte Sternenschweif mit den Ohren. Es war ein Traum voller Sterne, Baumwipfel und kleiner Welpen. Und völlig ohne Titania.

So fand sie Mr Foster. Behutsam hob er seine Tochter auf und trug sie ins Haus.

Am Freitag vor den Ferien kam Laura freudestrahlend auf Sternenschweifs Koppel gerannt. In ihren Händen hielt sie ein Blatt Papier.

„Sternenschweif!“, rief sie ihm jubelnd zu. Aufgeregt kam Sternenschweif näher. Laura hielt ihm atemlos das Blatt entgegen.

„Schau mal, mein Zeugnis!“, rief sie. „Nur Einsen und Zweien! Mama und Papa sind so stolz! Aber am meisten freut mich, dass Mel eine glatte Drei in Mathe hat. Sie hat in der Arbeit so gut abgeschnitten, dass von gefährdeter Versetzung keine Rede mehr ist. Zum Glück!“

Sternenschweif schüttelte seine Mähne, um zu zeigen, dass er ebenso glücklich war. Laura lächelte.

„Und weißt du, was das bedeutet?“, fragte sie geheimnisvoll. Sternenschweif neigte ihr den Kopf zu.

„Das bedeutet“, erklärte sie und legte das Zeugnis beiseite, „dass wir sechs lange Wochen haben, um durch die Nächte zu fliegen, Abenteuer zu erleben und magische Tricks zu üben! Vielleicht sogar den

Unsichtbarkeitszauber." Sie zwinkerte ihrem Pony verschwörerisch zu.

Sternenschweif schnaubte ungläubig.

„Oh doch!", sagte Laura und lachte. „Vor uns liegen sechs Wochen Sommerferien ohne Schule, ohne Lernen … und bitte schön auch ohne Liiiiiebe!"

Sternenschweif wieherte zustimmend und Laura grinste, während sie sich auf seinen Rücken schwang und ausgelassen mit ihm Richtung Wald galoppierte.

Umschlaggestaltung von Atelier Reichert, Stuttgart,
unter Verwendung einer Illustration von Carolin Ina Schröter.
Textillustrationen © Biz Hull

Sternenschweif – Liebeszauber, erzählt von Anna Taube.
Based on characters created by Working Partners Ltd.

Weitere Bände in dieser Reihe siehe nächste Seite

Gedruckt auf chlorfrei gebleichtem Papier

1. Auflage

ISBN 978-3-440-11931-0
Redaktion: Claudia Steinke
Layout: Ralf Paucke
Produktion: DOPPELPUNKT, Stuttgart
Printed in the Czech Republic/Imprimé en République tchèque

Sternenschweif

1 Geheimnisvolle Verwandlung
978-3-440-09901-8

2 Sprung in die Nacht
978-3-440-09900-1

3 Der steinerne Spiegel
978-3-440-09987-2

4 Lauras Zauberritt
978-3-440-09986-5

5 Sternenschweifs Geheimnis
978-3-440-10169-8

6 Freunde im Zauberreich
978-3-440-10238-1

7 Nacht der 1000 Sterne
978-3-440-10339-5

8 Die Macht des Einhorns
978-3-440-10385-2

9 Flug durch die Nacht
978-3-440-10610-5

10 Geheimnisvolles Fohlen
978-3-440-10611-2

11 Spuren im Zauberwald
978-3-440-10771-3

12 Mondscheinzauber
978-3-440-10808-6

13 Magischer Sternenregen
978-3-440-11121-5

14 Der goldene Schlüssel
978-3-440-11122-2

15 Das Geheimnis der Einhörner
978-3-440-11513-8

16 Geheimnisvoller Zaubertrank
978-3-440-11587-9

17 Die magische Versammlung
978-3-440-11588-6

18 Sommerzauber
978-3-440-11589-3

19 Zauberhafte Freundschaft
978-3-440-11590-9

20 Geheimnisvolles Einhorn
978-3-440-11591-6

21 Magische Kräfte
978-3-440-11592-3

22 Im Land der Einhörner
978-3-440-11593-0

23 Liebeszauber
978-3-440-11931-0

Je €/D 7,95

Preisänderung vorbehalten

www.kosmos.de/sternenschweif